박기홍 제2시집

미안한
낮
잠

이지출판

시인의 말

2년 전 제1집은 시에 있어서

일종의 경종을 울려 주는 것이었다.

그것은 흔히 말하는 고뇌의 부족이랄까

어설픔에 대한 각성 같은 것이었으리라.

그러나 내 눈과 귀,

말하자면 사고의 창틀을 바꿀 수는 없었다.

지금 생각건대 경종과 각성이 절실하지 못했음을 자인한다.

대신 이 땅에 피어난 시들에 대한 경외심은

몇 곱절 증가했음을 또한 고백한다.

설사 이러한 일이 되풀이되더라도

시가 내 곁을 지켜 주리라 믿는다.

써야만 할 일들, 경험과 사유의 쪼가리들이

최소한 내 주위를 맴돌고 있을 것이므로….

2018년 1월

박 기 홍

차례

2

3

4

5

1

나와의 약속

세상이 어쩌고저쩌고
그런 얘기는 안하기로 해요

텔레비전에 신문에
뭐가 났더라
그런 얘기도 덜하기로 해요

누구네 아무개가
돈 많이 벌었다더라
이런 얘기는 더 안하기로 해요

공원을 걸었더니 금세 기분이 좋아지고
그래서 햇볕의 은총을 느꼈다든가

호수에 부딪치는 빗소리를 한참 들었더니
머리가 맑아졌다든가

밤중에 별을 세다가 들어오니
스르르 잠이 들더라든가

유치원 다니는 아이가 고개를 비스듬히 숙이고
아침인사를 해서
하루가 기분 좋았다든가

이런 가벼운 얘기를 하기로 해요
이게 나와의 약속이에요

* 나태주 시인 시 차운

길을 가기 전에

길,
우리는
길을 가야 한다

일하는 길
노는 길
살아가는 모든 길
그 길을 찾아가야 한다

우거진 숲속에도
안개 속에도
길은 있는 법

그러나
그 길을 찾기 전에
눈먼 말방울 소리 따라가듯 하는 건 아닌지
제자리에서 허둥대는 건 아닌지
돌아보아야 한다

찾을 수 있는 길이든
찾지 못할 길이든
가야 할 길이든
가지 말았어야 할 길이든

결국 그 길이
자신에게 돌아오고야 말 길이란 것도 알아야 한다

그 길을 가기 전에

당신 앞에는 길이 있어요

인생은 아주 멋진 거라고 말하지요
꿈이 있기에 정말 아름다운 거예요
하지만 헤쳐 나가야 할 일도 너무 많아요
큰 산을 넘고 높은 파도를 이겨야 해요
행복이 그 뒤에 숨어 있기 때문이죠

당신 앞에는 분명 길이 있어요
인생은 고통을 참는 자의 것이죠

세상은 좋은 면만 보라고 말하지요
모든 일이 잘 될 거라 믿고 살아요
하지만 힘들고 어려운 일도 너무 많아요
안개 속 낭떠러지에서도 꿈을 놓지 말아요
희망이 그 안에 감춰져 있기 때문이죠

당신 앞에는 분명 길이 있어요.
세상은 슬픔을 참는 자의 것이죠

당신 앞에는 분명 길이 있어요.
인생은 고통을 참는 자의 것이죠
세상은 슬픔을 참는 자의 것이죠

미안한 낮잠

매미가 하루 종일 구애 절창을 하고 있을 때,

호수 공원 수련이 오므렸던 꽃잎을 다시 피우려고
몸부림치고 있을 때,

대학병원 암 환자가 세상에 미묘한 눈빛을
지어 보내고 있을 때,

함경북도 길주 땅 지하 갱도 뚫는 소리가
여기까지 들려올 때,

나는 미안하게도 낮잠을 자고 있었다

민들레

이 몸 언 땅을 뚫고 나왔다고
가엾이 여기지 마라

밟히고 밟혀도 다시 일어선다고
행여 민초民草라고 부르지도 마라

홀씨되어 몽땅 날려 보낼 테니
일편단심 수식어도 붙이지 마라

차라리 그대여,
나와 눈 마주치거든 열에 한 번만이라도
쌩긋 웃음 한 번 지어 주거라

세상일이란

세상일이란
열매 익듯
풀 자라듯
시간이 필요하지

기다릴 수만 있다면
무엇인들 아니 될까
견딜 수만 있다면
무엇인들 못할까

그르친 건
견디지 못한 대가代價
조급함은 파멸의 시작

이룬다는 건
자연스럽고 느긋한 것
때는
열매 익듯
풀 자라듯
멀리서 스스로 걸어오는 것

어느 오후

내 자신에게 무심코
질문 하나 던지고 싶은 오후,

생동감 넘치는 햇살은
날 비꼬듯 내리쬐고 있다

세상 만물은 정해진 대로
스스로의 꽃을 피우고 있는데
과분한 자유의지를 가진 한 피조물은
이미 토라진 사춘기 소년처럼
반항의 미소만 짓고 있다

시답잖은 변명만 앞세우며
거리를 서성일 때
문득 낮달이 사랑스럽게 내려다보고 있었다

먼 옛날 그분의 눈빛으로

* 어느 Naver blogger의 글에서 모티프를 얻었다.

이런 친구라면

허물도 애교로 보이고
욕을 해대도
싫지 않은 친구라면
얼마나 좋을까

잘못이 다 드러나도
전혀 켕기지 않는 친구라면
얼마나 좋을까

표현이 좀 서툴러도
마음을 주고받을 수 있다면
얼마나 좋을까

뭔가 드러내고 싶지 않을 때
더 알려고 하지 않고 침묵해 준 친구라면
또 얼마나 좋을까

아, 이런 친구라면
온 세상을 다 안을 수 있겠네
저 하늘 끝도 가까운 이웃이 되겠네

* 당대 왕발王勃의 시에 '천애약비린天涯若比隣'이란 구절이 있다.

깊은 배려

애당초
남자 여자의 칩은 달랐다
두께와 개수와 색깔이 달랐다
씨와 날의 간격도 달랐다

이 땅에 살아 있는
모든 암컷 수컷이 마찬가지리라

이것은
하나님의 깊고 깊은 배려이다

붓꽃

저 연보랏빛 붓끝을 잡기만 하여도
사랑 노래가 술술 나올 것만 같아라

눈 속에 비친 당신

바람 부는 날은 바람 부는 대로
비 오는 날은 비 오는 대로
그렇게 잠깐 잠깐 오시더니
오늘처럼 눈 내리는 날은
하루 종일 제 곁에 계시옵니다

슬레이트 지붕에 고드름이 열리는 날
이른 아침부터
군불 지펴 장작 패시고
방패연을 만들어 주시던 당신

제 곁을 떠난 지
겨울이 세 번 지나고
이제 눈 속에
당신 얼굴 비치옵니다

말없이 내린 눈처럼
당신은 말이 없고
쉬지 않고 내린 눈처럼
당신 생각 끊이질 않습니다

오늘같이 눈 내리는 날
따스한 당신 손잡고
고향 길 걷고 싶어집니다.

꿈속에서라도 꼭 한번
당신 온기
품고 싶습니다

누구십니까

수 광년 멀리서 하늘을 수놓는 은하

빨간 양귀비 꽃술에 내려앉은 나비

참나무 고목 밑동에 피어나는 버섯

창밖 벚나무 꽃잎 흔드는 바람

뒷산 먼 산비둘기 울음소리

라일락의 말

코를 대보지도 않고
내 옆을 그냥 지나치면서

어떻게
그대 아이를 안아보고
입맞춤해 준단 말인가!

접시

뜨거운 거 매운 거
다 받아준 너,

깨끗이 닦아만 주면
지난 일 다 잊어버린 너,

오랜만에 만나도
항상 그대로인 너,

너는 하루 세 번 나를 반겨 주신
내 어머니!

천국

할머니, 우리랑 같이 살아요!

진웅아, 마을회관이 얼마나 좋은지 아냐?

마음 편한 곳이 천국이어야

특별한 경험
- 고양이와 까치

오월 햇살이 한줌 따스한 날
까치 울음이 낮잠을 깨웠다
까치 두 마리가
풀밭에 누워 있는 고양이를 괴롭히고 있었다
한 마리는 꼬리 쪽에서 사납게 쪼아대고
또 한 마리는
요란하게 짖으면서 거친 날갯짓을 해댔다

서너 번 저항과 반격을 하다
그만 체념한 듯 자리를 뜬 고양이

그때
나와 마주친 눈빛
내 위로의 눈길도 아랑곳 않고
내가 가소롭다는 것인지
까치가 가소롭다는 것인지
그런 눈빛을 하고
유유자적 퇴각하는 발걸음

어느 놈이 잘못한 것인지
왜 그런 건지 알쏭달쏭도 하였지만
하여튼 그 고양이 영 잊히질 않았다.

몇 안 되는 내 안의 소낙비였다

치과 다녀온 날

이빨이 여기저기 썩어가고 있단다

경제가 어떻고 정치가 어떻고 떠들어대더니만
양치질 하는 법 하나
모르고 살아온 나,

문학이 어떻고 예술이 어떻고 주절대더니만
제 입안 단속 하나 못한 나,

육십도 안 되어
충치 좀 메우고
이렇게 울상이면서

틀니로 긴 세월 견디신
어머님 생각에
낯 뜨거워질 줄은 아는구나!

성공에 관하여

사람들은
당신의 명함으로
가슴에 달린 배지로
혹은 통장 잔고로
성공을 말할지 모른다

그러나
당신 발자국이 비문碑文처럼 지워지지 않았고
당신 때문에 얼룩진 상처가 다 아물었을 때

비로소 당신 입으로
'성공' 이라는 것을 말할 수 있을 것이다

팥죽

여름날 팥죽이 자꾸만 생각나는 이유는

뾰족하게 맛이 있어서도 아니고
색깔이 예뻐서도 아니다
더위를 식히기 위한 것은 더더욱 아니다

꾸물꾸물 연기 피던 고향집 평상에
오순도순 앉아 팥죽 먹던 날,
쏟아지는 별빛 몽땅 안아 보았기 때문이다

일찍 일어나야만
한 번 더 맛볼 수 있었던
장독대 위 마지막 한 그릇,
그 맛이 아직까지 혀끝에 남아 있기 때문이다

마음이 닫히면

해가 가리면
날이 어둑어둑

눈꺼풀 감으면
온 세상이 막막

마음이 닫히면
온 천지가 지옥

이 봄 다 땅을 쫓고 나앉다고

가없이 얘기하지 마라

밤히고 밤했도 다시 일어선다고

행여면 호라고 불지도 마라

홀씨되어 몽땅 날려 보낼 테니

일편단심 수익어도 불이지 마라

차라리 그대여

나와는 마주치거든 열에 한번만이라도

생긋 웃음 한번 지어주려마

2

고마울 뿐이네

산 오르기 조금 벅차다고 불평하다가도
몸 반쪽 못 쓴 중풍 환자
절룩거리며 걷는 모습 보면
늙어가는 내 몸도 고마울 뿐이네

책 몇 줄 읽고 금방 지친다고
눈 비벼가며 짜증내다가도
추운 날 쪼그리고 앉아
성경책 읽는 호떡 아저씨 생각하면
한 대 얻어맞은 듯 정신이 번쩍 드네

스무 살 딸아이
하는 짓 성차지 않아 못마땅해하다가도
엄마 콩팥 받고서야 뒤늦게 학교 다닌
입양 딸 생각하면
옆에 있어 준 것만으로도 고마울 뿐이네

시간 속에서

나이 오십 줄에
직업의 끈을 놓고 보니
자유롭기도 하지만
더러는 공허한 것도 사실이다

생각건대
가진다는 것
있다 하는 것도
시간 속에서만 의미 있는 일이라

젊은 날 일터뿐만 아니라
몇 년씩 배우고 익힌 것들
한때 진리인 줄로만 알았던 것까지도
결국은 초침秒針 앞에 항복하고 말진대

참으로
때라는 것
시간이란 것보다 더 깊은 것은
없는가 하여라

세월 따라 생각 따라

안 보이던 게
이젠 보이네
더 자세히 보이기 시작하네

들리지 않던 게
이젠 들리네
더 똑똑히 들리기 시작하네

눈멀지 않고
귀먹은 것 아닌데
안 보일 때가 있었네
안 들릴 때가 있었네

세월 따라 생각 따라
보이기도 하고 안 보이기도 했었네
들리기도 하고 안 들리기도 했었네

언젠가 또다시
보이던 게 안 보이고
들리던 게 안 들릴 걸 알겠네

눈멀지 않고
귀먹은 것 아닌데
세월 따라 생각 따라…

솔직한 대화 1

하루에도 몇 번씩
나는 내 안의 나와 얘기를 한다

내 안의 나는
옛날의 나일 수도 있고
지금의 또 다른 나일 수도 있다

그땐 왜 몰랐었을까라든가
이렇게 하는 게 낫겠지라든가
그렇게 하지 그랬어
이런 말을 주고받는다

얼핏 무모한 짓 같고
옥신각신 다툰 듯하지만
얼마나 고마운 존재인지 모른다

허우적거릴 때
갈팡질팡할 때
무엇보다 내가 외로울 때
마지막 순간까지 나와 동행해 준다

가장 솔직한 대화를 할 수 있는 사람
오직 그뿐이기 때문이다

마음으로 묻고 답할 수 있는 사람
바로 그이기 때문이다

솔직한 대화 2

하루에도 몇 번씩
나는 내 안의 나와 얘기를 한다

내 안의 나는
나와 썩 좋은 사이가 아니다
반백 년을 싸워 온 셈이다
너는 맨날 왜 그래
네 하는 게 그러면 그렇지
이런 핀잔을 주기 일쑤다

시시각각 부딪치고
일거수일투족 다 참견하지만
얼마나 든든한 존재인지 모른다

콩만한 양심 모른 체할 때
가면의 탈을 쓰고 춤을 출 때
무엇보다 외로움 속을 헤맬 때
어린아이 투정하듯
모든 것 터놓고 얘기할 수 있는 사람
가장 솔직하게 대화할 수 있는 사람
오직 그뿐이고,

못난 내 허물 슬쩍 눈감아 준 이도
바로 그이기 때문이다

좋아한다는 건

좋아한다는 건
뭔가를 잊고 있는 거다

좋아한다는 건
뭔가를 버리는 거다

좋아한다는 건
어디론가 빠져드는 거다

정말 좋아한다는 건
어린아이 마음이다

우리 마음도 같으리라

밤하늘 별도
장날인 날 있고
숨바꼭질한 날 있다

숲속의 새들도
왁자지껄한 날 있고
숨죽인 듯 적막한 날 있다

인간 세상도
좀 시끌벅적한 시절 있고
그저 순탄한 나날도 있다

우리 마음도 같으리라
오장육부 뒤집힌 날 있으면
호수처럼 잔잔할 때가 있으리라

어머니와 딸 사이

나는
어머니와 딸 사이에 있다

과거를 사는 어머니와
미래를 사는 딸,
그 사이에 있다
그 세월 속에 있다

지나온 과거와
가야 할 미래가
하나의 큰 덩어리가 되어
움직이고 있다

나는 지금
원의 중간쯤에 서서
마치 이어달리기 선수처럼
배턴을 기다리고 있다

사랑은 대신하여도
시간은 대신할 수 없으므로

짐은 대신 지어도
운명은 대신 질 수 없으므로

수학여행의 비밀

– 딸 수학여행 가던 날

학창 시절
형편 녹록지 못해
수학여행을 못 갔던 친구야

그때 가난은
말할 수 없는 부끄러움이었지
네 가슴에 못이 박혔었겠지

하지만 난 알아
가난이 오히려 힘이 되었다는 걸
수치심이 에너지가 되었다는 걸

거친 풍랑을 헤쳐 나가는 것도
자갈밭에서 꽃을 피울 수 있는 것도
그때 움텄다는 걸

친구야
그 말 못할 비밀
오래오래 간직해다오

오늘 아침, 마냥 좋아 들뜬 딸에게
차마 말 못한 나처럼
너도 가슴 깊이 묻어 두고만 있겠지

남몰래 울적이셨을
우리 아버지들처럼

이모님 생각

부천역 버스정류장
한길 가에서
야채 파는 할머니

위 수술 세 번씩 하고도
이 장 저 장 돌며
배추 팔고 감자 파신
내 이모님이다

굽으신 허리로
열무 수십 단 이고
어둑어둑 재 넘어 오신
내 이모님이다

그러고도
삼 남매 홀로 키워
선생님 만들고 군郡 직원 만드신
내 이모님이다

강산은 여러 번 바뀌어도
팔십 평생
당신 몫 그대로인
눈물겨운 내 이모님이다

카레라이스

고등학교 1학년
담임 선생님이 사 주신 카레라이스
호박죽을 넓적한 접시에 펼쳐 놓은 줄 알았는데
얼마나 코를 톡 쏘았던지
내 미각과 후각은 요동을 쳤었더랬지

지금 생각해 보면
안 잊힌 일이란
사람 속 섬광閃光이 뼛속까지 울린 것인데
수치심도 그중 한가지라

그때 그 맛이
여태껏 입 안에 고여 있는 걸 보면
진동이 꽤나 심하기도 했겠지만
오히려 그걸 간직하며 사는지도 모를 일이리라

한 세대

나한테도
닮았다는 배우 한 분이 있었다
비슷한 또래여서 그런지
은근 관심이 갔었다

그런데
한참 지난 어느 날
우연히 TV를 켰더니
그가 할아버지가 되어 있었다.
희끗희끗한 머리 홀쭉해진 얼굴이
실상 어색하지도 않았다

우리는
우리도 모르는 사이에
아무런 준비 시간도 할애 받지 않은 채
한 세대의 고개를 넘어가고 있었다

행복 사진

인천대공원
양쪽에서 엄마 아빠 손잡고
그네 타며 걸어가는 네 가족

따스한 햇살의 고마움을 모르는 잎사귀처럼
떨어지는 빗방울의 고마움을 모르는 풀잎처럼
꽃나무를 이리저리 옮겨 노는 새들이
그것이 행복인 줄도 모르는 것처럼
아이들은 천진난만하기만 하고,

엄마 아빠는
먼 훗날 언젠가
기쁨이 되고 위로가 될
행복 사진을 예비하고 있었다

눈 내린 날

눈 내린 날이면
누군가 보고 싶어진다
만나면 좋았던 사람이 생각난다

나의 과거
나의 고향
나의 학교
나의 일터
그때 그리운 사람이 떠오른다

아! 눈 내린 날
나를 포근히 안아 준 날
내 과거를 잊지 말라 한 날

나와 그리움 사이에
흰 눈이 내린다

눈 내린 날

인생 변증법

딸아
붙잡기와 놓아주기를 잘 해야 한단다
사소한 건 그저 놓아 주어라
그러나
작아 보여도 의미 있는 건
꼭 붙잡아라

딸아
채움과 비움을 잘 해야 한단다
아무리 좋은 것이라도 다 채우려고 하지 마라
채우는 것 못지않게
비우는 것도 중요하단다

딸아
완급緩急을 잘 조절해야 한단다
천천히 해야 할 일 빨리 해야 할 일 따로 있다
정신없이 뛰지 마라 서두르지 마라
소처럼 뚜벅뚜벅 걸어야 천리를 간단다

그게 인생 변증법辨證法이 아닐까 한다, 아빠는

부부

어깨를 만지작만지작 뒤틀고 있을 때
눈치껏
등을 긁어 주는 사이

깻잎장아찌가 잘 안 잡힐 때
얼른
젓가락을 받쳐 주는 사이

마침 화장지가 떨어졌을 때
스스럼없이
소리칠 수 있는 사이

그렇지만
한두 개쯤 비밀은
끝끝내 꼭 묻어 둔 사이

외할머니 제삿날

초등학교 삼사 학년쯤 되던
가을 어느 날

외갓집 곳간에서
달걀 몇 개를 훔쳐
개울 건너 상점에서
눈깔사탕으로 바꿔 먹은 일이 있었다

지금 생각해 보면
그걸 눈감아 주신 내 외할머니는
참 깊으신 분이었다

그 후 서울서 학교 다닐 때
시골에 내려갈라치면
완행열차 간식으로
삶은 달걀을 싸주시곤 하셨으니
나와 할머니 사이에 달걀은
꽤나 끈질긴 인연이 있었는지 모르겠다

평생 그 일을 가슴에 담아 둔 채
어언 사십여 년 지난
외할머니 제삿날,

외할머니 좋아하시던 굴비 한 두름에다
달걀 한 꾸러미를 제찬祭粲으로 들고 갔으니
그 아득한 내력을
외삼촌 외숙모가 알 리 없었겠지요

나와 외할머니의 은밀한 대화는
더더욱 들을 수 없었을 테고요

무거운 발걸음

누군들 고향 가는 길이 사뿐하지 않으랴만
고향마을 돌과 나무가 아니 그리울 리 없건만
언제부턴가 가슴 한구석 부끄러움이 고이고서
발걸음 무거워진 게 사실이라

애국지사나 의병이 된 것도 아니고
또 무슨 벼슬을 단 것도 아니고
그렇다고 부자라도 되어서
남 도울 깜냥도 못 된 이 몸

고향 발길 내딛을 때
이방인 눈빛으로 컹컹 짖어대는 개나
슬피 우는 앞동산 산비둘기나
저 멀리 산봉우리와 오래된 느티나무도
어쩐지 내 신세 꾸짖는 것만 같으니
이 또한 마음속 깊이 삼키는 수밖에 없어
늘 회한悔恨의 심연深淵에 빠지고야 마는 것이다

퇴직하던 날

퇴직하던 날
기념사진을 찍고
은행 뒷문을 나섰다

직원들이
"수고하셨습니다"라며
울먹였다
나도 왈칵 목이 메었다

삼십 년 세월이
눈물 되는 순간
팔다리가 풀리고
땅이 붕붕 흔들거렸다
퇴직은
한 움큼 눈물을 주었다

카타르시스의 눈물을 주었다

금의환향錦衣還鄉

금의환향은
내가 맨 먼저 깨우친 사자성어다

내 젊은 날도 야망이라는 게 있어
머릿속에 더 쉽게 박혔으리라
새옹지마라든가
삼고초려보다도 깊이 새겼으리라

허나
어디 비단옷 걸치기가 그리 쉬운 일이랴
한탄할 새도 없이 헐레벌떡 육십이 코앞인데
변명 버릇 못 버리고 인생무상이나 되뇌거늘

가슴속 반짝이던 금의환향은 간데없고
봄날 아지랑이처럼 일장춘몽만 아른거리누나

두 사건

세상이 이런 거구나 하고
맨 처음 눈을 뜨게 했던 사건은

내 나이 열 예닐곱 때

시골에서 보낸 쌀부대가
탄환 자국처럼 구멍 뚫린 채 배달된 일이었다

그후로 어언간 사십 년
세상은 별반 다르지 않았다

그런 줄로만 알고 있던 나에게

"생을 유지할 적당한 부를 쌓았다면
우리는 부와 무관한 것을 추구해야 한다"라는 말,

스티브 잡스가 남긴 마지막 말이

또 한 번 나를
흔들어 주는 사건이 되었다

빗소리

이 밤 누구 귓전에 다다를까

회초리 내리치듯
영혼을 두들기는 빗소리

가슴에 콕콕 꽂히는
저 못 박는 소리

3

겸손

절벽에 핀 풀꽃 한 송이는
우리 마음을 더 움직인다

폭풍우 지나간 다음 날 아침 햇살은
더욱 맑고 따스하다

칠흑같은 어둠 속에서
별은 더욱 빛난다

지혜로운 사람이 겸손의 꽃을 피울 때
경외심이란 향기 저절로 솟는다

송광사 무소유의 길

대나무 숲길 지나 불일암佛日庵
소박한 스님 영정 아래 나무 탁자 하나
'묵언默言'이란 푯말 그 옆 흰 고무신 한 켤레

"아무것도 갖지 말라 하시지 않고
불필요한 것 갖지 말라" 하시네

목동에 가면

몇 단지 몇 단지
수많은 아파트 숲들…

한 채에
수억이라 하던데
평당 몇 천이라 하던데
왠지 여기 오면
어깨가 처지고
가슴이 오그라든다

단지도 많고
일방통행 길은
미로 같은데
여기 사람은
잘도 찾는 모양이다

우리나라 인구 1프로가
전체 재산 몇 프로를 차지한다 하더니만
여기가 바로 거긴가

목동에 가면
난 어쩐지
미인 앞에 선 시골뜨기가 된다
한없이 낯선 이방인이 된다

일상 속의 발견 1

비 개인 이른 오전
숲길 고요를 깨뜨리는 딱따구리의 망치 소리

잔잔한 호수에 동그라미 파문을 그리는
물고기의 힘찬 물구나무

검은 철조망을 휘감고 하늘로 하늘로 향하는
나팔꽃의 애달픈 저항

휠체어 탄 노모와 함께 공원을 산책한
딸의 부드러운 눈빛

이 모든 일상 속의 발견이
내 발걸음을 멈추게 한다

일상 속의 발견 2

가을 산이 바쁜 오후
갈참나무 가지 위에서
도토리를 물고 있는 청설모의 흥겨운 몸짓

다친 다리를 절뚝거리며
주섬주섬 모이를 쪼고 있는
애처로운 비둘기 한 마리

대중목욕탕에서
늙은 아버지의 등을 밀어 드리는
오십 대 아들의 아름다운 손

역전 한길 가
홀로 도시락을 잡숫고 계시는
야채 파는 할머니의 모습

이 모든 일상 속의 발견이
내 발걸음을 멈추게 한다

일상 속의 발견 3

보슬보슬 비 내리는 오후
종이 박스를 손수레에 싣고 계신
어느 할머니의 휜 허리

잡풀 무성한 육교 밑
빼꼼히 얼굴 내민 하얀 패랭이꽃 한 쌍

아침 아홉 시
몸집도 큰 아이를
노란 차에 태워 보내고 난 엄마의 뒷모습

보일 듯 말 듯 희끗희끗한 죽지를 펼치며
도심 들판을 나는
멧비둘기들의 저공 군무群舞

이 모든 일상 속의 발견이
내 발걸음을 멈추게 한다

관악산 살쾡이

등산객이 던져 준 먹잇감에
야수성을 잃어 가는 관악산 살쾡이

물질의 덫에 걸려
점점 이성을 잃어 가는 우리의 삶

* 살쾡이는 들고양이를 이르는 말

그러하더이다

즐거운 것도
꼭 즐거운 것은 아니더이다

괴로운 것도
꼭 괴로운 것은 아니더이다

즐거운 것도 괴로운 것이 되고
괴로운 것도 즐거운 것이 되더이다

늘 그러하더이다

돌려막기

카드 돌려막기를 하고 나서
안도의 숨을 내쉰 택시기사님!

그날
내 하루도 별반 다르지 않았다

어쩌면
인생이 돌려막기 연속인지도 모르니까

뻥튀기 아저씨

귀 떨어져 나갈 것 같은 정월 오후
움직임도 거의 멈춘 자유시장 골목
임시 의자에 구부정하게 엎드려
성경책 읽고 계신 아저씨
뻥튀기 봉지 수북이 쌓아 놓은 채
기역 자 몸 점점 더 웅크리며
시린 가슴 데우고 계신다

너덜너덜한 성경책 해진 털모자가
난로보다 따스하다

시와 노래

듣고 싶은 노래
부르고 싶은 노래
한도 끝도 없고

읽고 싶은 시
써보고 싶은 시
산더미인데

지금
좋아서 부르고 있는 노래
가슴에 담고 있는 시는
얼마나 소중한 만남이냐

시와 노래를 옆에 둔 삶,
꽃이 되고 태양이 되는 시와 노래
이 얼마나 기막힌 인연이고
짜릿한 순간이냐!

시내버스 봉걸레

(사람 습관이란 무섭고도 묘한 일이라,
시내버스를 타면 봉걸레 있는 자리를 잘 앉게 되지요.)

아무리 생각해 봐도
시내버스 봉걸레는 꽤나 호강한 녀석인 것 같다
건물 모퉁이나 어두컴컴한 창고에
처박혀 있어야 하는 처지에
종일 시내 구경 재미있게 하는 팔자라니…

그뿐인가
호위병들이 번갈아 가며 근무를 선다
재잘대는 얘기 엿듣는 재미도 쏠쏠하다
킥킥대면 덩달아 기분이 좋아지고
언짢은 듯싶으면 잠시 숨을 죽인다
인간들 못된 습성,
자기 잘못 꽁꽁 감추고 잘난 척하는 꼴 보면서
혀를 차기도 한다

이제 말씨나 옷매무새만 보아도
어떤 인물인지
무슨 잘못을 얼마나 했는지 짐작할 수 있고
웬만한 세상 얘기 다 알아들을 수 있는 봉걸레

여하튼 그 옆에 앉아 있으면
지저분하거나 찜찜하기보다
시골 아저씨랑 동석한 것 같아
홀가분한 여행을 한다
또 뭔가 내 속을 들여다보는 것 같기도 하면서도
그가 어딜 가든
아무 말도 하지 않으리라는 안도감 때문에
아주 편안한 나들이를 하는 것이다

학교 복도 청소하던 일
군 내무반 당번 하던 일도 생각하면서요

에헤라 나도 몰라 나도 몰라

우리는 함께 일하고 있지 않나
사랑과 상호 존중이 넘치는 이 은행
쥐꼬리만 한 월급 받는 젊은이가 수천인데
수십 억 받는 대감님도 있지 않나
에헤라 나도 몰라 나도 몰라

우리는 함께 일하고 있지 않나
믿음과 독립 경영이 숨 쉬는 이 은행
제아무리 글로벌이 좋다지만
우리 가슴 짓누르는 컴플라이언스는 정말 싫어
에헤라 나도 몰라 나도 몰라

우리는 함께 일하고 있지 않나
도덕과 투명 경영 부르짖는 이 은행
해괴한 매트릭스 위에 군림하는 채찍
인격은 팔아먹고 실적만 남지 않나
에헤라 나도 몰라 나도 몰라

우리는 함께 일하고 있지 않나
가치와 명성을 중시한 이 은행
아무리 인센티브가 좋다지만
우리 삶 빼앗아 가는 소몰이는 정말 싫어
에헤라 나도 몰라 나도 몰라

우리는 너무 순하게 살고 있지 않나
눈과 귀를 막고 있지 않나
무쇠 같은 억누름 잘도 참고 있지 않나
아, 영혼의 상처를 망각하고 있지 않나
에헤라 나도 몰라 나도 몰라

* 한때 몸담았었던 씨티은행에서 겪은 일을 적어 본 것이다.

유월 오후

하루 종일 전화 한 통 없고
기다려도 기다려도
해가 남아 있는 유월 오후

트럭 장수 확성기 소리
낮잠을 방해하는 날,

카카오톡 프로필 사진을 ㄱ에서 ㅎ까지
하나하나 넘겨본다

거미줄 같은 희미한 인연
얼굴 한 번 보면서
다시 그 이름을 불러 본다는 것

그럴듯한 사진 보며
웃음 한 번 지어 보는 것

문득 무슨 구실을 대서라도
안부라도 하고 싶어지는 것

이런 헛헛함 속에서
찾아온 한 줄기 햇살이
유월의 숲을 영글게 하나니

해 지고 바람 부는 일상 속에서
살아가는 의미도 숨어 피어나느니

잊히지 않는 일

초등학교 저학년일 때

담임 선생님이
"느그 집 논이 몇 마지기냐?"

논 한 뼘도 없는 우리 집 그대로 말하기 창피해

"세 마지기요"라고 얼버무렸던 나,

비수匕首 같은 그 뒤 한마디

"그것도 논이냐!"

그날 선생님은
뜨끈뜨끈한 하얀 쌀밥 점심을 드시었다

* 한때 학교에서 호구조사를 한 적이 있었다.

잠자리

수만 년 전 하늘을 처음 날던 때부터
새도 아니고 나비도 아닌 것이
두려움도 모른 채 자유를 날았노라

도리깨로 콩을 칠 때도
요란하게 예초기로 풀 깎을 때도
딱딱 골프공이 연신 날아다니는 곳에서도
너풀너풀 날고
더러는 짝짓기도 하였다

하늘거리는 코스모스 줄기
쟁기질 뒤 평화로운 무논 위
길게 휜 수숫대 위
멀리 날지도 못하고 그렇다고 빠르지도 않는 것이
가고 싶은 대로 마음대로 날았다

투명한 두 날개의 수평과
최소한의 필요 중량만으로

애틋한 실랑이

아침 여덟 시
어린이집 앞

엄마 손 붙잡고
떼를 쓰며 우는 아이
세상이
놀이터인 줄로만 아는 아이와
가시밭길 걷고 있는 엄마의
당김과 밀침

애틋한 실랑이는
이산가족 생이별이다

아이는 금세 잊어버리고
잘도 뛰어놀지만
엄마는 종일
눈망울 아른거려
바윗덩어리가 가슴을 짓누른다

다 그렇게 사는 거지
그런 위로 하나 붙잡고
이 생각 저 생각에
더딘 하루를 보낸다

나를 슬프게 하는 것 1

나를 슬프게 하는 것은
북한 핵이 아니다
파행국회가 아니다
네이버 뉴스가 아니다

나를 슬프게 하는 것은
에쿠스 몰고 다니신 목사님이다
황금으로 학위를 파신 교수님이다
가슴 없는 권위다

나를 더욱 슬프게 하는 것은
그들의 근엄한 말씀
어설픈 이데올로기다

나를 슬프게 하는 것 2

나를 슬프게 하는 것은
경기 침체가 아니다
미세먼지가 아니다
바늘구멍 같은 취업난도 아니다

버젓이 4차선 무단 횡단하는 사람이다
길거리에 버려진 양심 쪼가리들이다
전철 안 긴 통화를 자유라 하는 사람이다

더 슬프게 하는 것은
세상비판 다 하면서
자기 내면은 돌보지 않는 사람,
주워 담은 얘기 진리인 양 내뱉고 다니면서
자아 성찰은 하지 않는 사람,
큰 나무도 잔뿌리가 떠받치고 있다는 걸
아랑곳 않는 사람이다

휴지통

너는 왜

네 안의 휴지를

아직도 구겨 넣지 않고 있느냐

4

고구마와 돼지

어미젖을 물고 오물거리는 새끼 돼지는
영락없이 줄기에 매달린 고구마다

통통하고 토실토실한
배때기와 궁둥이가
얼마나 닮았는지

새끼 돼지 첫 울음 울던 날은
다산多産의 날이다
고구마를 캐던 날은
수확의 기쁨이 오진 날이다

모닥불에 구운 고구마와 동치미 한 입
김장 날 삶은 머리 고기와 묵은 김치 한 쌈

아무리 생각해 봐도
고구마와 돼지는
전생에 무슨 인연이 있었던 것만 같다

감 따는 노인

내소사 입구 나지막한 기와집
노부부가 긴 간짓대로 감을 따고 있다

"잘 좀 해 봐요" 다그친 할머니,
몸 따로 마음 따로인 할아버지,

해는 뉘엿뉘엿
산 그림자
마을을 덮는데

옆 장독대는 아직도 반짝이고 있다

밟히지 않는 은행들

가을 길
밟히지 않는 은행들

이름도 어마어마한
우리
하나
국민…

그들도
조금만 건드리면
우수수 떨어지지 않을지

밟히면
악취나 나지 않을는지

가을이 오면

가을이 오면
넓디넓은 초등학교 운동장
쨍쨍한 햇볕 아래 하늘을 수놓던
만국기 생각,

가을이 오면
해질 무렵 월출산 자락 위로
줄지어 먼 하늘 날던
기러기 떼 생각,

가을이 오면
가까스로 같은 반이 되었다가
갑자기 광주로 떠나가 버린
교장 선생님 딸의 하얀 손 생각,

가을은 온통 추억 투성이

* 어느 Naver blogger의 글에서 모티프를 얻었다.

밤 여물 무렵

수꿩 울음 간간이 들리는 원미산
비린 밤꽃 향기가 온 산을 덮고 있었지
늘 다니던 산길인데도
눈길 한 번 주지 않다가
잘 익어 벌어진 밤송이를 보고서야
생각 하나 번쩍 떠오르는 것이 있었네

불과 서너 달 사이에
말 못할 저것이 저렇게 옹골진 알을 맺었나니
우리는 몇십 년을 살고도
과연 어디에다 자기 모습을 두고 가는지 물으면서
바람처럼 보낸 세월 한탄도 해 보고

밤꽃이 피고 또 여물기를 수천 번 하여도
껍질은 고슴도치요 속은 두세 톨로
본질은 변하지 않나니
수십 년 후 원미산을 미리 볼 수 있다는 뿌듯함에
새삼 가슴 벅차오름을 느껴보는 것이다

이 가을의 충만 속에서

산에 가면

산에 가면
새 지저귀는 소리 너무도 아름답고 오묘하여
아, 우리 인간의 가락이야 참 보잘 것 없구나 하고
생각한 적 있었지

좀 더 생각이 깊어졌을까
하여간 꽤나 차분해진 마음으로
숲이 하늘을 안고 무언가 끊임없이
속삭이는 소리를 엿듣기도 하였지

그러던 가을날
바람에 떨어지는 크고 작은 이파리들이
마치 음표처럼 그 어디에도 비할 수 없는
멋진 음악을 자아내고 있었는데

비 오는 날 피아노 선율이라기보다
들릴 듯 말 듯한 영화 속 배경음 같은 그런 것이었다

추석 달을 보며

추석 달을 보며
한 번도 빌어 본 적이라곤 없는 보름달을 보며

이 세상이 그저 그런 곳이 아니라
마음껏 누릴 수 있는 곳이 되도록
그런 눈을 갖게 해달라고 빌어 보았고
거저 물려받은 천지만물
고마운 마음 잊지 말게 해달라고 빌었다

이 세상과 한편 되지 말라는 말
잊지 말게 해달라고 빌었고
그게 영 힘들면
얼마간 거리라도 두게 해달라고 빌었다

마지막으로 하나 더 들어 주신다면
아무쪼록 더도 말고 덜도 말고 달빛만 같아
늘그막에 수더분한 얼굴 갖게 해달라고 빌어 보았다

난생처음 두 손을 꼭 모았다

낙엽의 최후

낙엽이란 대개
썩어 밑거름이 되나니

또 어떤 녀석은
거리의 양탄자가 되어
얼마간 헌신의 생을 보내나니

아주 더러는
가녀린 손에 쥐어져
책갈피에서 호강하기도 하나니

그래도 그중 제일 낫기로는
시냇물에 둥둥 떠
긴 여행 떠나는 녀석이려니

은빛 강물에 생을 맡기는 녀석이려니

고향

둥지 알 하나 다른 곳에 옮겨 놓으면
부리와 머리로 어느새 가져다 놓는다는
기러기 이야기

어언 오십 년 세상을 헤매고 다녀도
문득 천리 길 밤하늘이 생각나고
뻐꾸기 소리 귓전에 어른거리는 걸 보면
내게도 안 보이는 부리와 머리가 있는 걸까

눈발 날리는 한강
살얼음에 날개 내린 회색기러기 떼

기러기 무리

먼 하늘 지나가는
시옷 자 행렬

어떻게
저 소묘素描 한 장이

덧없는 나그네
마음 울릴까

기러기 울음 끼룩끼룩
고향 생각 가물가물

비상사태

비바람이 내리친 늦가을
나무들도
하는 수 없이
속수무책 비상사태를 내리고 말았다

백로白露

햇살 좋은 아침으로 하루를 살고
나뭇가지 새순 힘으로 한 해를 버티어 온 나

누굴 죽도록 사랑할 줄도 모르고
날갯짓 한 번 마음껏 펴지도 못한 채
어느덧 또 하얀 이슬이 내리나니

나는 가을 하늘
한 마리 백로白鷺

임무 완수

감이 익어
스스로 떨어지는 건
일종의 임무 완수다

감은
감꽃이 몽우리질 때부터
한시도 마음 놓을 수 없었다
그 수고로움은 실로 험난하였으리라
인내하고 또 인내하였으리라

마지막 얼마간은
어린아이 엄마 손 붙잡듯
안간힘을 썼을 것이다
또 탱탱하게 맞섰을 것이다

이제 허공의 몸뚱어리를
툭 하고 떨어트리는 순간
앙상한 가지에 눈곱처럼 달라붙은 겨울눈에게
삶 전부를 인계하는 순간,

우리는
무결無缺한 임무 완수의 음성과
다음 생으로 넘어가는 속삭임을 엿들을 수 있는 것이다

초록 불상佛像

여름날 이른 아침
과일 가게

청년 서넛이
달덩이 같은 수박을 던지고 받는다
기와집 이을 때
볏짚 버무린 황토 덩어리 던지던 모습이다

서까래 위에 흙을 다 이고 나면
산사山寺처럼 아늑해진 보금자리
비스듬히 수박을 다 앉히고 나면
가게는 좌불坐佛 가득한 절이 된다

중생들은
어느 불상이 더 자비로운지 통통 두들겨 본다
목탁 소리는 흥겨운 미각이다
한 닢 두 닢 시주가 쌓이고
불상들은 하나 둘 절을 떠난다

별이 쏟아지는 여름밤
하루 수행 자루 풀어 젖히고
멍석 위에 검정 사리가 쏟아질 때면
어느새 우리는 환속還俗을 한다

비둘기들은

여름이 아직 걸려 있는 구월 초순
비둘기 대여섯 마리가
개울가에서 가을맞이 세수를 하고 있었지요

난데없이 먼 외출을 나온 왜가리 한 마리가
은행나무에 덜컥 내려앉자
마침 잘 익은 은행들이 우두둑 쏟아졌었지요

내 생에 몇 안 되는 이 고요 속 파열음 때문에
한바탕 두들겨 맞은 것처럼 놀랐었지요

속수무책 놓고야 마는 주홍빛 은행들을
망연히 쳐다보고만 있는데
그 허탈의 순간을 멍하니 바라만 보고 있는데

비둘기들은
아무 일 없었다는 듯 물 단장만 계속하고 있었지요

구월

잘 익은 밤송이가
사력死力을 다해 입을 벌리고 있습니다
그걸 보던 해바라기들이
활짝 웃고 있습니다

구름도 다정하게 미소를 짓습니다

국화

사람들은
나를 보고
환하게 웃어 준다

하지만
나는 수난受難이다

죄다 꺾어서
터널도 뚫고
인형도 만든다

그걸 축제라 하면서

새끼 오리

호수공원 풀밭,
막 품을 벗어난 새끼 오리 예닐곱 마리가
어미 뒤를 졸졸 따라가고 있었다
뒤뚱뒤뚱하면서도
북한 병사들만큼이나 줄을 잘 맞췄다

선연鮮然한 발자국 뒤에
눈도 못 뜬 새끼 돼지
어미젖 무는 소리 들렸다

무의식의 파편

1.
큰 우물가 수달 한 마리가
내가 서 있는 쪽으로 오고 있었다
사람을 해칠 것 같지는 않았지만 몹시 무서웠다
반대편에서 김 지사知事가 피하라는 신호를 보냈다
피하려고 애를 썼지만 허사였다

2.
꽤나 높은 어느 산 정상에 올라
전망의 상쾌함을 즐기고 있는데
갑자기 산불이 났다
끄려고 발버둥쳤지만 강한 바람을 당해 낼 수 없었다

3.
(대통령이 탄핵되어 업무가 정지될 즈음)
여성 고위 공직자 한 분이 나한테 와서
내 아랫도리를 만지며 희롱했다
다 알만 한 사람이 왜 빼느냐는 식으로
방송에서 들어본 선명한 어투로 말했다

4.

어머님이 꿀과 생강을 묽게 재어 만드신 음료를
돌아가신 아버님께 한 대접 드렸는데
마음에 들지 않으셨는지 어머님 얼굴에 확 뿌리셨다
나는 얼른 어머님 얼굴을 대충 닦아 드렸다
두 분 모두 무표정이셨다

5.

나뭇가지에 눈이 마치 솜사탕처럼 매달려 있었다
훅 불지 않아도 바람에 흩날릴 것 같았다
마침 햇살이 비집고 들어와
눈의 결정체가 섬세하게 보였다
꿈틀거리며 반짝이는 모습이 구름 속 별 같았다
무의식 속 황홀이었다

혼인

노란 민들레와 보랏빛 제비꽃을

혼인시켜 주려 했더니

저 벌 녀석들이 어떻게 그걸 알고

벌써 입맞춤 해 주고 있구나!

5

2월

서릿발 뚫고 삐죽 내민 보리 싹이
솜털 같은 목련 몽우리가
얼마나 많은 발버둥을 쳤는지
몹시도 궁금한 달

키는 가장 작아도
개선장군凱旋將軍처럼 어깨 쭉 펴고
당당하게 걸어오는 달

두꺼운 옷 벗어 던지듯
해묵은 생각 훌훌 털어버리고 싶은
환골탈태換骨奪胎의 달

매화

어린아이 쑥쑥 자라는 모습 볼 수 없는 것처럼
매화 벙그는 순간 볼 수가 없고

향기를 내뿜으면서도
정작 향기로운 줄 모르는 매화처럼
생명으로 충만한 세상을 살면서도
우리는 충만함을 모르네

풀벌레 소리

아직껏 한 번도 본 적 없는
가을밤 풀벌레
오늘도 목이 쉬어라 애절한 절창絕唱을 하네

어둠 속 깊은 곳
기다란 설움의 실타래 풀어 젖히고 있네
밤새껏 울어 젖히네

새벽이 오는 뜰엔
위로의 별빛이 내리고
울음 고인 풀숲엔
쉰 목 적시려
이슬방울이 스며드네

찌르 찌르 찌르르
가없는 풀벌레
가을밤을 지키네

시집을 냈더니

시집을 한 권 냈더니
예상치 못했던 일이 일어나더군
하나는,
시집도 집이라
집이 한 채 늘어난 것 같은 착각이요
또 하나는,
이름 뒤에 따라붙는 호칭이
하나 더 생기더란 말이지

더 갑작스런 변화는
시인처럼 행동해야겠다는 다짐이
은근 생기더란 말이지
그거 영 부자연스럽기도 하고
기분 참 묘하더군

오십 대 1

져야 할 짐은 천근만근

몸은 삐거덕삐거덕

가슴은 아직도 좌충우돌

해는 어느덧 뉘엿뉘엿

오십 대 2

삶이 고독으로 채워진 항아리처럼 느껴지는 나이

생의 대부분이 하늘에 대롱대롱 매달려 있다는 걸
깨달은 나이

어느 학교 무슨 직장이 가슴에 단 이름표에
불과했다는 걸 비로소 알게 된 나이

아무리 좋은 것이라 하여도 더 붙잡을 시간의 밧줄이
턱없이 짧다는 걸 아는 나이

낡은 수첩에 적힌 이름 하나 둘씩 지우듯
이별을 배워야 하는 나이

이 어리석음

참으로 어리석은 건
비우지 못하고
채우려는 것 아닐까

몸은 배설하지 않고서는
살 수 없는데
마음은 왜
자꾸 채우려고만 하는가

민들레는 깃털을
아낌없이 털어 버리는데
겨울나무는 나뭇잎을
남김없이 떨어뜨리는데

우리는 왜 아집과 탐욕으로
마음속 거미줄을 치고 있는가
일어나지도 않을 걱정과
쓸데없는 망상으로
스스로 쇠사슬에 매이려 하는가

출구를 찾지 못한 이 어리석음

유리창에 발버둥친 벌 한 마리

육십 앞에서

내 지나온 삶
한때는 여름날 숲처럼 치열한 적도 있었으리라
허나 돌이켜보면
꿈도 없이 계획도 없이
남 계획표대로 끌려가며 살았다
남 비위 맞추면서 날 속이는 일도 서슴지 않았다
길든 짐승처럼 순응하였다 하여도 할 말이 없다

이제 육십 앞에서 마음먹어 보건대
내 꿈 내 계획대로
선장船長처럼 항해하기가 어디 만만하더냐
세찬 파도에 흔들리지 않을 수가 있더냐
또 고독과 허무의 물살이 얼마나 세더냐

한 맺힌 후회를 한들
제아무리 새로운 날개를 달아본들
그 또한 부질없다는 걸
새삼 눈뜨게 되었네

이런 철학 하나 짊어지고 야윈 강물을 건너가고 있네

미세먼지

하늘아 미안하다
숲아 죄송하다
새들아 정말 면목 없다

하느님 어찌하오리까
이 거대한 함몰을

친구 이야기 1

1.
운전하기 힘들다 하지 마라
차 막힌다고 얼굴 찌푸리지 마라

내 친구 성일이는
38년째 택시 운전하고 있다

그래도
"옛날에는 할 만했어야" 하며
항상 입가에 웃음이 묻어 있다

2.
요양원이 커피숍만큼 생겨나는 세상에

공기업 다니는 내 친구 방식이는
팔순 노모 모시는 게 꿈이다
몇 해 전 보성에다 새집까지 지어 놓았는데

정년 2년 연장된 바람에
당장 못 내려가게 됐다고 투덜거린다

효는 우러나와야 하는 모양이다

3.
인물이 귀족 같은 내 친구 송백이는
누구보다 술 좋아하고 계집 좋아했었다

얼굴 걸맞게 미국 가서 산다는 말 들리더니만
어느 날 목사가 되어 나타났다
죄를 많이 지어 하느님께서 부르셨단다

마장동에서 김포로
김포서 안산으로 둥지를 옮기는 걸 보면
아직은 죄가 남아 있는지 모르겠다

하지만 그는 에덴으로 가고 있다

* '친구 이야기'라는 제목은 文友 김선호 글에서 따왔다.

친구 이야기 2

1.
내 친구 봉화는 중졸이다
하지만 그는 고등학교를 가슴에 품고 산다

중학교 졸업 후 기계공고에 합격해서
마을 앞에 현수막까지 걸어 주었는데
형편이 어려워 진학을 못했기 때문이다

지금 그는 목수다
보조로 시작해 대목大木이 되었는데
평생 목수의 길을 걷고 있다
광주에서 손꼽히는 장인이라 할 만큼
자부심이 대단하다

애국이란 말이 나올 때
난 맨 먼저 그를 떠올린다

2.
내 친구 성률이는
호적에 세 살이나 빨리 올려졌다
그의 형 인생을 살고 있는 것 같다

친구들 입대할 때 그는 벌써 제대를 했는데
스무 살 어린 나이로 중동에 가서 돈을 벌었다
그때 강남에 집 한 채를 샀는데
그게 5층 건물 마중물이 되었다

삼십 대 젊은 혈기로 조명 사업을 하다 망하고
한동안 빈털터리가 되기도 하였다
지금 그 부부는 구로동에서 조그만 슈퍼를 한다

"나 껌 팔다 왔다" 하면서 동창회에 꼬박꼬박 나온다

낙천적 성격은 태어나는가 보다

긴급호송 버스

어쩌다 도심 속에서 마주친
'법무부 긴급호송' 버스

촘촘한 철제 격자와
새까만 유리창

이보다 더 슬픈 차
이보다 더 무거운 차
세상에 또 있으랴

다 같은 생인데
무슨 사연으로
하늘을 가리고
열 가락 손이 묶인단 말인가

휙 지나간 그 자리
끌려간 소의 눈물이 보인다
누군가 애간장 타는 소리가 들린다

행렬 行列

아침 아홉 시
어린이집 가는 꼬마 녀석들
아직 내 것 네 것도 구분 못하고
기껏해야 1킬로가 세상 전부인 순수 행렬이다

오후 여섯 시
경로당 귀가하는 노인들
온 세상 쓴맛 단맛 다 맛보았지만
남는 건 빈털터리 허무 행렬이다

새순 이파리 낙엽 되듯
순수로 시작하여 허무로 끝나는 한 편 드라마
어린이집과 경로당 잇는 아득한 인생 행렬

카누

잔잔한 호수에 물살 가르는
질주의 희열

오케스트라처럼 호흡하는
박동의 숨소리

끊임없이 부딪고 튕기는
물방울의 요술

물과 패들이 빚어 낸
순수 음악

물과 나무와
바람과 햇빛으로 이어온
천 년의 숨결

* 패들(paddle) : 카누를 저을 때 쓰는 노

마지막 남긴 말

나 죽거든
월출산 자락 성기동聖基洞 밭
아버님 옆에 묻어다오

거기에
'시와 노래와 꽃을 좋아했노라' 라고
조그마한 푯말 하나 세워다오

그리고
무덤 가 좁은 밭둑에는
패랭이꽃 꽃씨나 한 움큼 뿌려다오

* 성기동은 백제 왕인 박사가 태어난 마을 이름

기도

나는 새가 그냥 새로 보이지 않고
들꽃이 그냥 들꽃으로 보이지 않을 때부터
새와 들꽃을 사랑하게 되리라

저절로
기도하게 되리라

새벽 바다

새벽 바다엔
어둠을 지키는 달빛 별빛과
육중한 파도 소리뿐이었다

빛과 소리가 한 몸이었다

먼 하늘 먼 바다로부터
땅 끝자락까지 와 부딪치며
바람으로 풍선 채우듯
세상을 꽉 채우고 있었다

수억 년을
항상 그대로
목적도 이유도 없이
그냥 존재하고 있었다
무게도 없고 양도 없었다

새벽 바다는 아직도 카오스였다

바로 여기가 벼랑이옵니다

"부자가 천국에 들어가는 것보다
낙타가 바늘귀를 빠져 나가는 것이 더 쉬우리라."

이천 년 전 이 말씀
글자 한 자 안 바뀌고 그대로 남아 있는데
밤하늘 별처럼 꼭 그대로인데
세상은 부자 천국이 돼버렸습니다

음식은 세균으로 썩고
역사는 지폐로 패망하는데
사람들 눈은 물질로 향해 있고
여기저기서 '더 많이' 소리만 들립니다
부자 앞에 고개 조아리는 소리만 들립니다

초등학생들조차 무슨 차 몇 평 아파트를 들먹이고
가족끼리도 법정에서 마주 섭니다

마태 선생님 죄송하고 죄송하옵니다
당신의 깨달음 당신의 영성靈性
이제 우리는
겨우 취업 안 될 때나 쓰고 있습니다
부자만이 천국 들어갈 것처럼 아우성칩니다

돌이킬 수 없는 죄업罪業이옵니다
바로 여기가 벼랑이옵니다

호수

멀리 하고 싶어도 만나야만 하는 우리 숙명,
혼자이고 싶어도 혼자일 수 없는 삶,
설령 원수가 될지라도
내 너를 사랑해야 한다

아무리 끊고 싶어도 끊을 수 없는 인연,
지금 안 보아도 언젠가 다시 마주치게 되는 생,
설령 악한 사람이라 할지라도
내 너를 미워할 수 없다

호수는 오늘도
햇빛에 젖어
홀로 말이 없다

일출

닭 똥구멍에서 말랑말랑한 달걀이 떨어졌다

넓은 풀밭에 누워 둥둥 떠다니는 흰 구름을 쳐다보았다

우왕좌왕하던 이들이 여기 참새처럼 모였다

에필로그

사색의 편린

★

벚꽃 복사꽃이 만발할 때면
새들이 꽃술을 맛있게
쪼고 있는 것을 볼 수 있다.

행복을 느끼고 있는지 아닌지는 모르지만
꽃나무에 매달린 새를 보면
참 은총을 많이 받은 족속이구나,
하는 생각이 든다.

★

비를 원망하지도
해를 미워하지도 않는다.
다만 나를 밟고도 아무 일 없었다는 듯 지나치는
그대들을 저주할 뿐이다. (지렁이의 말)

★

처음에 노랗게 피었다가
단 며칠 사이에 하얗게 변해 버리는
산딸나무 꽃을 보면,

붉은 엿 덩어리를 늘어뜨려서 흰 토막 엿을 만들던
여섯 손가락 엿장수 생각이 난다.

★

물구나무를 서면 혈액순환이 잘 된다고 한다.
그런데 물구나무는 육체적으로만 좋은 것이 아니다.
의식세계에서도 물구나무를 서게 되면
의식의 혈관이 왕성해져서 더 큰 세계를 볼 수 있다.

육체적 근육과 생각 근육도 마찬가지 이치다.

같은 생각, 같은 습관, 같은 태도로
변화를 기대할 수는 없다.

★

국화가 달빛으로 잠이 들고
이슬로 잠이 깨듯
나는 음악으로 잠들고
시로 잠을 깨고 싶다.

★

'12'라는 숫자는 인간과 무슨 관계가 있을까?

1년은 열두 달
육십갑자는 12개의 지支
한 옥타브는 12음…
예수의 제자는 12분.

★

개울에 나갔더니
가지가지 낙엽들이 돛단배처럼 떠내려가고 있었다.

길쭉한 것 넓적한 것
별 모양인 것 부채 모양인 것
한결같이 유유히 떠내려가고 있었다.

'나 이제 영원히 갑니다.'
이런 무언의 여운을 남기면서….

★

축구 경기에서 코너킥을 할 때
골키퍼가 공을 낚아채는 광경을 보면,
갈매기가 새우깡을 낚아채는 장면이 연상된다.

또
주식을 사려는 자와 팔려는 자가
서로 힘겨루기를 하는 화면을 보면
낚시꾼이 물고기와 대치하고 있는 형국이 생각난다.

★

바둑과 골프와 당구 게임에서
가장 중요하고도 어려운 것은 평상심과 집중력이다.

그만큼
우리 마음이란,
민들레 씨처럼 가볍고도
풍선처럼 부풀려지기 쉬운 것이다.

★

세상을 바라보는 눈,
이러한 관점(철학에서 세계관이 될 것이다)을 가지고 있느냐
그렇지 못하느냐에 따라,
세상은 마음껏 누릴 수 있는 천국이 되기도 하고
아무 의미 없는 황무지가 되기도 한다.
이 세상의 주인이 될 수도 있고
들러리가 될 수도 있다.

★

아들딸은 엄마 아빠한테 꽃이고 새다.

부모는 늘
못다 핀 꽃 못다 난 새니까.

★

아빠는 조각가
엄마는 화가였다.
아빠는 나무필통을 만들고
엄마는 그 위에 그림을 그렸다.

벌도 그리고
나비도 새겨 주었다.
자연도 가르쳐 주고
사랑도 새겨 주었다. (산골마을 젊은 부부)

★

벚꽃 잎이 눈처럼 연못으로 떨어진다.
흐르던 꽃잎이 가장자리 수선화 줄기에 걸려
크고 작은 섬을 이룬다.
몰려다니던 송사리가 비처럼 쏟아지는 꽃잎 그림자에
놀라서 뿔뿔이 흩어진다.
송사리는 이내 바깥세상이 낙화의 계절임을 알고
다시 떼 지어 헤엄친다.
꽃잎이 날리고 송사리가 흩어졌다 모이면서
봄도 익어간다.

★

웃음과 울음은 받침 하나 차이
빛과 빚은 점 하나 차이
행복과 불행도 글자 하나 차이
너와 나는 획 하나 차이
생과 사, 천당과 지옥도 겨우 글자 한두 개 차이

★

부평에 소문난 냉면집.
80대 노부부가
한여름 길 쉬엄쉬엄 나오셨다.
비빔냉면 물냉면을 따로 시켜서
조금씩 나눠 드셨다.

귀를 기울여 봤지만 별 대화는 없었다.

★

바람이 만물을 어루만지듯
노래는 영혼을 어루만진다.

노래는 인간의 바람이다, 영혼을 지피는 바람이다.

★

비 개인 숲
소리 무지개가 피었어요.

물방울 데굴데굴 굴러가는 소리
긴 휘파람 소리
어린아이 보채는 소리
아슬아슬 풍경 소리
애절한 구애 절창들…

가만히 귀 기울여 봐요
일곱 색깔 반원 그리며 메아리치고 있잖아요.

★

잎 다 떨어뜨리고 생선 가시 같은 가지만 남겨 놓고도
완벽한 대칭성, 이등변삼각형의 균형을 유지하고 있는
메타세콰이어!
겨울날 그 길을 걸으며
새삼 균형의 의미를 되새겨 본다.

내 마음속 저울추가 비록 하나였다 할지라도
평생 내 쪽으로만 내 쪽으로만 기울여 온 것임을
부인할 수 없기에….

★

수군들의 처절했던 함성 소리,
칼의 노래는 파도 속에 스러졌고
대교 위 쌩쌩 달리는 자동차 소리와
시끌벅적한 주말 장터 소리에
호령하신 충무공 동상銅像
무색하기만 하여라. (울돌목에서)

★

바닷가 괭이갈매기 울음소리를 귀 기울여 들어보면
마치 고양이 울음소리같이 들린다.
또 그 소리는 악기로 치면
피리나 대금 같은 관악기류 소리인데,
처절한 비애감이나 끊임없이 절규하고 있는
그 무엇이 느껴진다.

★

가을밤 단 오 분만 이 세상 모든 불빛을 꺼버린다면,
별들이 깜짝 놀라 춤을 추고
풀벌레는 마음껏 박수를 칠 것이다.

미안한 낮잠

펴낸날 초판 1쇄 2018년 2월 10일

지은이 박기홍
펴낸이 서용순
펴낸곳 이지출판

출판등록 1997년 9월 10일 제300-2005-156호
주 소 03131 서울시 종로구 율곡로6길 36 월드오피스텔 903호
대표전화 02-743-7661 **팩스** 02-743-7621
이메일 easy7661@naver.com
디자인 박성현
인 쇄 (주)꽃피는청춘

ⓒ 2018 박기홍

값 10,000원

ISBN 979-11-5555-087-8 03810

※ 잘못 만들어진 책은 바꿔 드립니다.

이 도서의 국립중앙도서관 출판예정도서목록(CIP)은 서지정보유통지원시스템
홈페이지(http://seoji.nl.go.kr)와 국가자료공동목록시스템(http://www.nl.go.kr/kolisnet)에서
이용하실 수 있습니다.(CIP제어번호: CIP2018002790)